AF341722

LEONIDAS

Tiré du septième Livre de

HERODOTE,

Traduit du Hollandois de

Mr. DE HAREN.

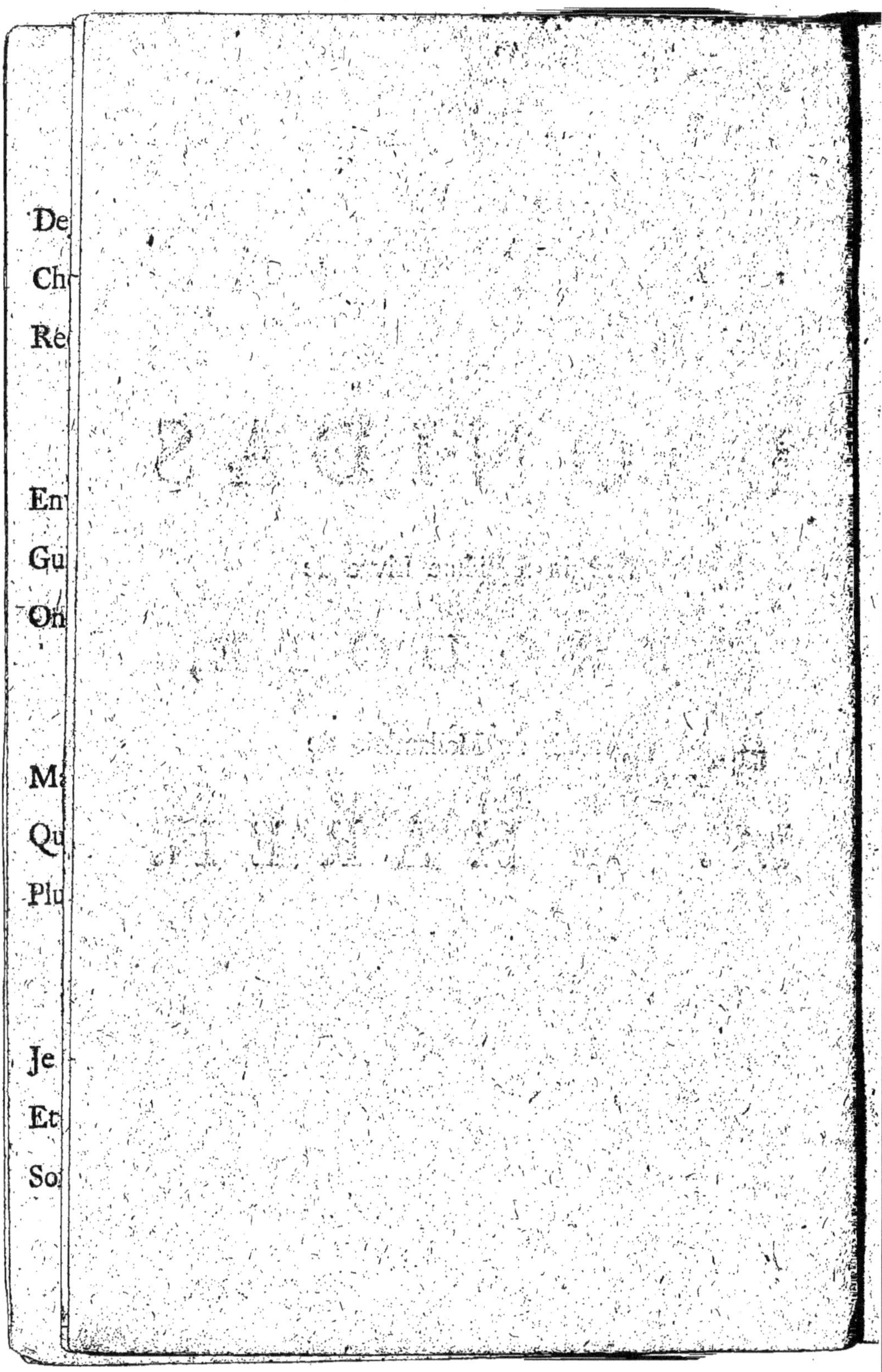

LEONIDAS

Tiré du septième Livre de

HERODOTE,

Traduit du Hollandois de

M^R. DE HAREN.

Lorsque venu du fond de l'Orient à la tête d'une innombrable Armée, Xerxes exhortoit la Grèce, jusques-là libre, à prévenir sa colére, en pliant sous sa puissance, & en cedant à la superiorité de ses forces:

Il

Il se trouvoit des ames assez laches, & assez craintives pour pretendre qu'on ne pouvoit trop se hater
de contenter le Roi de Perse, déjà entré dans l'Europe. Le Senat de Sparte étoit partagé. Les uns
montroient du courage, tandis que les autres parois-
soient se livrer a la frayeur. Ceux-ci se donnant de
grands mouvements, (comme si c'eût été la leur véritable & solide intérêt,) affectoient de repandre, que
les forces de l'Ennemi, maintenant rassemblées, ne
trouveroient nulle part de résistance : Que même
déjà maitresses de la Thessalie, elles y remplissoient
tout de larmes & de deuil. Leotychide étoit l'a-
me de ces conseils pusillanimes. Ses largesses lui
avoient gagné les uns, & ses discours artificieux
l'avoient rendu l'arbitre du jugement des autres.
„ Tout, (disoient ceux de son Parti) tout est a crain-
„ dre de la part du Vainqueur, lorsque son ardeur
„ naturelle, aigrie par la chaleur du combat, le
„ rend sourd à la voix de la pitié & de la mise-
„ ricorde. La prudence nous ordonne de ne point
„ attendre les dernières extrémités. Elle veut
„ qu'on céde à tems à des forces superieures, &
„ que par un Traité sagement conclu, on sauve,
„ quand on le peut encore, ses biens & sa vie de
„ la désolation. Suivons le conseil & l'exemple
„ (*) d'Alexandre. Ce Chef des Macedoniens nous
„ invite à embrasser la grace que nous offre le
„ Roi de Perse, tandis qu'il en est encore temps.
„ Engageons nous a retenir nos Troupes dans nos
„ Villes. Promettons lui de ne point secourir nos
„ Voisins, & de lui voir tranquillement assouvir sa
„ colére sur l'Attique. Que Xerxes porte où il
„ vou-

(*) Fils d'Amintas.

,, voudra ſes armes victorieuſes. Ne nous mêlons
,, point de ſa querelle, de peur que Sparte ne de-
,, vienne auſſi la victime de ſon redoutable cou-
,, roux. Quoi ! pour un Phantome, pour une
,, chimère, nous nous expoſerions à voir nos Vil-
,, les en cendres, nos Campagnes deſolées,
,, nos Femmes & nos Enfans reduits avec nous
,, dans la ſervitude ? Et cela par les ordres de qui ?
,, D'un Prince, qui ne demande que notre con-
,, fiance, qu'il veut cimenter par la foi d'un Trai-
,, té ; & qui, pourvu que nous nous tenions ſimple-
,, ment Spectateurs, daigne même nous promettre
,, les effets de ſa faveur la plus diſtinguée. Ouï,
,, tandis que Xerxes ſomme toutes les Villes de ſe
,, rendre & s'empare de tout, ce Conquerant,
,, dit-on, ſera ſatisfait, pourvu que nous ne met-
,, tions point d'obſtacles a ſa colére. Nous ſom-
,, mes, il eſt vrai, étroitement liés avec les autres
,, Etats de la Grèce chancellante. Peut-être le
,, préjugé du Peuple fera-t-il regarder une Allian-
,, ce auſſi ancienne & auſſi étroite, comme un lien
,, indiſſoluble. Il en eſt même, qui, en appellant
,, aux Dieux immortels, publient artificieuſement,
,, qu'ils regardent le manque de foi avec indigna-
,, tion, & qu'ils le puniront ſevérement un jour.
,, Mais tenir la parole donnée au-delà de ce que
,, l'utilité demande, c'eſt bien moins un devoir,
,, qu'une opiniatreté, contraire a la ſureté de l'Etat
,, & à ſon maintien, qui demandent du diſcerne-
,, ment, & de l'attention aux circonſtances du
,, Temps. Travaillons donc à nous concilier la
,, bienveillance du Roi de Perſe. Pourvu qu'il

A 3

,, laiſſe

„ laiſſe nos contrées jouïr du calme & de la paix;
„ il ſera facile de contenter les Dieux : Ils ne ſont
„ pas ſi ſuſceptibles de colére qu'on ſe l'imagine.
„ Qu'annonce l'Oracle de Delphes aux Athéniens,
„ qu'un enchainement de malheurs? Oui, ce n'eſt
„ qu'en frémiſſant, que la Prêtreſſe, qui ne voit point
„ d'iſſuë à tant de maux, donne ſes réponſes ".

Tel étoit le langage rampant, que dictoient à ces ames venales, les préſens de Léotychides, & l'envie qu'ils portoient à Léonidas. Ils travailloient ainſi à amortir dans le cœur de leurs Concitoyens, la noble ardeur dont ils étoient encore animés. Leur lâcheté ne peut cependant éteindre tout à fait chés eux la honte. Un rouge involontaire, qui éclate ſur leur viſage, annonce, qu'ils trahiſſent vertu, lumières, conſcience, & devoir. Leurs yeux ſe baiſſent de tems en tems, comme s'ils pouvoient auſſi peu ſoutenir la clarté du jour, que leurs diſcours artificieux étoient capables de tenir contre la force du raiſonnement.

Cependant Léonidas, que ni la crainte ni l'impoſture ne peut ébranler, écoute leurs diſcours avec cette tranquilité, & cette fermeté mâle, ſi naturelle aux Héros. Un noble courroux releve ſon air majeſtueux, & ſa modeſtie ne l'empêche pas d'ôſer jetter les regards ſur le Senat. Il ne craint point, que la préſence de la ſage & prudente Vieilleſſe faſſe tort à ſa cauſe, & il ne redoute point l'aſpect de la vertu. Semblable à l'Aigle, qui ſoutenant l'éclat du Soleil, ôſe fixer les yeux ſur les rayons lumineux de cet
Aſtre :

Aftre : tandis que le trifte Hibou ne fe plaît que dans les ténébres, & n'ôfe fortir des antres où il fe cache, qu'à la faveur des ombres de la nuit. Le courage invincible de ce Prince s'emflamme d'abord, & fes regards feuls relevent de leur abbatement les ames craintives, avant même qu'il commence à parler pour combattre l'impofture. Tel qu'un flambeau, dont la lumiére venant inopinement à briller au milieu de l'obfcurité, diffipe l'horreur de la nuit, & découvre le fentier qu'on doit fuivre: Ainfi Léonidas fait fentir au Senat, qu'il connoit un remède aux maux qui ménacent la caufe commune de la Grèce. Enfuite il ramine le courage des Bien-intentionnés par ces paroles.

,, O Sparte! ô ma chere Patrie! Eft-ce là le lan-
,, gage des Heros, que tu nourris dans ton fein bel-
,, liqueux? Et l'Eurotas, ce fleuve fi cheri de Dia-
,, ne, daigne-t-il encore arrofer tes campagnes? Eft-
,, ce donc là le fruit des leçons de Lycurgue? N'a-
,, t'il rendu ce Peuple fi redoutable aux Nations, que
,, pour le voir aujourd'hui fervir d'Interprête au vil
,, Perfan, au lieu d'employer & le fer & le feu
,, pour chaffer la Tyrannie de la Gréce, & pour
,, faire refpecter cette Ville par fes Guerriers infa-
,, tigables & invincibles? Cœurs degenerés! fi perfon-
,, ne ne veut me feconder, j'irai feul à la rencontre
,, du Perfan. Seul j'éléverai l'étendart de la guer-
,, re. Seul j'irai, fans craindre la mort, facrifier ma
,, vie pour la liberté. Je ne redoute point la fupe-
,, riorité de l'Ennemi. Quelque nombreux que foit
,, fon cortége, ce n'eft qu'un ramas de miferables

,, &

,, & laches esclaves, qui ne connoissent pas même
,, le nom de la Liberté. Allez si vous voulez : por-
,, tez honteusement de la terre & de l'eau en signe
,, d'obéissance au Monarque Persan. Suivés l'exem-
,, ple des Phthiotes, des Thebains, des Achèens &
,, de tant d'autres Peuples, qui déchus de la vertu
,, de leurs Ancêtres, ne préfèrent plus la gloire à
,, la servitude. Ou si vous voulés encore colorer
,, votre honte, faites des Traités avec un superbe
,, Tyran ; Traités aussi-tôt violés que conclus. Pour
,, moi, je préféré la mort à l'esclavage. Mais que
,, parlez vous de Traités, vous qui devenus aussi
,, Barbares, estes sur le point de violer celui qui
,, vous lioit si étroitement à la ville d'Athenes,
,, maintenant en danger ? Si cette barriere de la Li-
,, berté tombe, qui secourera Sparte ? Qui nous
,, prétera une main secourable, lorsque l'Ennemi
,, commun viendra avec des troupes innombrables
,, nous inonder à notre tour ? Alors nous com-
,, prendrons, mais trop tard, par nos propres
,, malheurs, qu'on s'étoit préparé de longue main
,, a nous enchaîner successivement dans notre le-
,, thargie ; ce qu'on n'auroit jamais fait les armes
,, à la main. Il ne nous convient pas d'avoir si
,, près de nos Frontieres un puissant Monarque,
,, dont l'ambition vigilante & active guette sans
,, cesse l'occasion de triompher de ses Voisins ; &
,, qui ne se donnera pas de repos, qu'il ne soit
,, parvenu à son but. Nous verrons jusqu'à quel
,, point les Dieux s'en laissent imposer, & si l'obser-
,, vation de la bonne foi sera aussi regardée par
,, eux

„ eux comme un prejugé populaire ; Ou ſi le par-
„ jure ne deviendra point pour nous une ſource
„ de diſgraces, de punitions & de calamités ! Mais
„ je ne ſuis nullement ſurpris de voir les vils ſen-
„ timens, que vous nourriſſés dans votre ſein. La
„ Pieté ne fut jamais le partage des laches, &
„ ne marche que compagne d'un coeur courageux.
„ Qu'Alexandre ſe delecte a faire des Traités. Qu'il
„ ſe prête au joug du Perſan, & que ſe voyant,
„ mais trop tard, enlaſſé dans les pieges qu'on
„ lui a tendus, ſa frayeur lui faſſe accepter des
„ fers. Ce n'eſt pas là un exemple à ſuivre pour
„ un peuple illuſtre & courageux, formé à main-
„ tenir ſa liberté & ſes loix les armes à la main,
„ ou à perir en les defendant. Ne ſeroit-il pas mille
„ fois plus honorable & plus avantageux à Alexan-
„ dre, dans le peril qui le menace auſſi bien que nous,
„ de vaincre ou de mourir avec les autres Grecs, que
„ de ramper devant un Barbare? Le ſeul fruit qu'il
„ puiſſe eſpérer de ſes Traités conclus, c'eſt qu'il ſe-
„ ra le dernier qu'opprimera la Tyrannie. Mais que
„ dis-je ? Le conſeil, que vous lui attribués, eſt
„ le vôtre même. Votre cœur abbattu vous l'â
„ dicté. La puſillanimité & l'ignorance ſont la
„ ſource de vos diſcours & de vos actions, au
„ grand ſcandale de tous ceux qui ont encore de
„ la vertu. He bien ! Levés vous. Fuyés. Il ne
„ nous faut ici ni cœurs laches, ni mains ſans ex-
„ périence. Paiſſés vos troupeaux ; labourés vos
„ terres ; cultivés vos bois: quittés des places que
„ vous deshonorés, avant que vous acheviés de

„ tout

» tout perdre. Remettés à d'autres qui ne se
» laissent pas effrayer par de vains Phantomes,
» & qui ont des lumieres & de la conduite ; re-
» mettés leur le soin du Gouvernement, & vivés
» dans votre indolence. O Hercule ! le plus
» glorieux de mes Ancêtres ! O murs d'Ilion, qui
» quoique batis par les Dieux même, avés néan-
» moins été détruits par les Grecs ! O Plaines
» victorieuses de Marathon, qui vistes triom-
» pher Miltiades du fier Persan ! Les ombres de
» tant de Heros, qui se sont rendus immortels, en
» périssant pour le bien public dans ces lieux mémo-
» rables, ne me mepriseront point, & ne m'ef-
» frayeront point, puisque je suis résolu de mar-
» cher sur leurs traces. Oui, cette main, qui a
» juré de deffendre les murs de Minerve, lui
» immolera l'orgüeilleux Xerxes, avant qu'il sou-
» mette à ses armes la ville d'Athenes : ou succom-
» bant dans l'entreprise, je sacrifierai avec joye
» ma vie, pour aller, avec la serenité d'une ame
» qui n'a rien à se reprocher, dans les champs Eli-
» sées, annoncer au sage Lycurgue, & au vail-
» lant Codrus, que je suis mort dans le champ d'hon-
» neur.

Il dit, & dans l'instant il part, destiné à une
gloire immortelle. Trois cent Hommes religieuse-
ment devoués à sa valeur, & prompts à sa voix
l'accompagnent. Il vole aux Thermopyles, rencontre les Barbares ; leur livre le combat, les ren-
verse, & périt en trouvant le triomphe dans la
mort même ; forçant ainsi cet Ennemi orgüeilleux

à renoncer pour jamais au téméraire deſſein *de faire palir le Soleil brillant de la Liberté Grecque de-vant ſa foible Lune ; ou de l'obſcurcir dans la voute céleſte par un nuage de ſes (*) flèches.*

(*) *Le Poëte fait ici alluſion au fameux mot de Dié-nèce. Lorſqu'on vint lui dire, que les Perſans étoient en ſi grand nombre, qu'avec léurs fléches ils pour-roient cacher le Soleil, même en ſon midi : Eb bien (re-partit il) nous aurons donc l'avantage de combattre à l'om-bre. Voyés la fin du ſeptieme livre d'Herodote. On a été obligé dans cette traduction de rendre ce paſſage litteralement pour ne pas faire tort à l'original.*

A LA HAYE,

Chez ISAAC BEAUREGARD.

Libraire dans le Spuyſtraat 1742.

ELOGE

DE LA

PAIX

ELOGE
DE LA
PAIX.

Traduit du Hollandois de

Mr. DE HAREN.

✻

CHANT PREMIER.

✻

O nimium Cælo & Pelago confise sereno,
Nudus in ignota, PALINURE, jacebis arena!

ÆN: V.

JE ne t'invoque point aujourd'hui,
O CALLIOPE, pour chanter un Héros, également

ment

ment magnanime dans le malheur & dans la prosperité, & toujours constant à suivre le sentier étroit de la Vertu. Fille de JUPITER, couronnée de Fleurs immortelles, j'implore ton secours, afin de pouvoir instruire les Peuples amateurs de la PAIX ; & leur marquer de la manière la plus frappante, comment ils doivent s'y prendre pour déconcerter les projets des Tyrans, & pour éloigner de leurs Frontieres le terrible Feu de la GUERRE.

C'est-là, MUSE divine, le noble but ou j'aspire. Seconde moi dans un si beau dessein. Prête moi ta force, ton énergie, tes graces & tous les traits vifs & majestueux de ton art. Nul motif, nul interest particulier ne m'anime. Je ne cherche d'autre gloire que celle d'être utile a ma PATRIE.

POurquoi la voix terrible & effrayante du Dieu de la Guerre, ne nous fait elle entendre que des cris de fureur ? Pourquoi nous menace-t-il de cette Epée fanglante ? Pourquoi l'Europe à peine fortie du fein du repos, fe trouve-t-elle plongée dans le trouble le plus affreux ? On voit flamboyer de toutes parts le Glaive de la deftruction. CADMUS auroit-il encore femé les dents du Dragon ?

C'eft l'ambitieufe fureur de dominer qui caufe tant de maux. Sourde à la voix des malheureux, rien n'eft capable de fatisfaire fa voracité. Elle foule aux pieds les Loix les plus refpectables, & les Droits les plus facrés. C'eft cet efprit de Domination qui arrache le Dieu MARS aux empreffemens-de la Déeffe de la Beauté, & qui lui fait endoffer fon impénétrable cuiraffe. On le vit quelque tems en fufpens, le bras levé, la Lance à la main, avant qu'il en frappât la Terre, & l'ébranlât jufques dans fes fondemens. Une oppofition prefque invincible qu'il craignoit de la part de la fage MINERVE, fembla un moment arrêter les effets de fa rage.

　　　　　　　Quoi

provoqué à la vangeance. L'Or ne triomphe-
roit point de l'Honneur, de l'Equité & de la
bonne Foi.

Pendant que la Terre & la Mer deviennent
le Theatre d'une cruelle Guerre, que le Laboureur abandonne le champ qu'il avoit culti-
vé, & que le Soldat abat les Forêts les plus
épaisses, Aimable Paix, en quels lieux se trou-
vent tes Autels ? Te reste't-il encor en Europe un azile inaccessible à la Violence ?

Il me semble d'entendre le Batave se vanter,
qu'il repose à l'Ombre de tes Bannieres. ,,
,, La Paix, (*dit-il*) est encor mon partage, en
,, dépit de la Discorde. Peuples infortunés,
,, qu'Elle semble avoir quitté pour toujours vé-
,, nez la voir chez moi sur son Trône. Mon
,, Commerce s'étend, mes Richesses se mul-
,, tiplient, & la Renommée porte mon nom
,, jusqu'aux extremités de la Terre. Les Eten-
,, dars de Mars ne sont point arborés dans
,, mes campagnes : nul cri de guerre n'allar-
,, me mes Peuples, & chez moi le Forge-
,, ron ne change point la Faucille du Mois-
,, sonneur en Épée meurtriere. Le Labou-
,, reur regarde d'un œil de joye le champ
,, qu'il vient d'enfemencer, certain qu'au-

,, cun

,, cun Ennemi ne lui enlevera une Récolte
,, destinée à nourrir sa Famille. Est-il quel-
,, que lieu dans la vaste étendue des Mers où
,, mon Pavillon ne soit point respecté ? C'est
,, avec empressement que tous les Peuples
,, recherchent mon Amitié. Mes Citoyens
,, sont semblables aux Princes de la Terre , &
,, des Tresors , apportés de toutes les parties
,, du Monde , s'accumulent dans le sein de
,, ma Patrie. Heureux dans le présent je
,, n'ai aucun sujet d'inquiétude pour l'avenir.
,, L'ABONDANCE , cette Déesse fidelle a mes de-
,, sirs , amenera chez moi l'opulence aussi long-
,, temps que subsistera l'Empire d'EOLE.

D'où vient que ce Discours me laisse encor
dans la perplexité , & ne produit point en moi
cette douce persuasion , qui sembloit devoir en
être l'effet ? Est-ce préjugé de ma part ? Me
trompai-je ? Ou plutôt , ne serois ce point toi ,
o BATAVE , qui es dans l'erreur , & qui te laisses
séduire par quelque Phantome qui a pris la place de la véritable PAIX ?

Souvent , pour punir les Peuples indociles ,
le Ciel permet dans son courroux , qu'un Es-
prit seducteur , sous la figure trompeuse d'un

PHOR-

[…] l'équipage, […] se plonger dans un
[…] englouti [...] Auſſi-tôt la pau-
[…] […] ſon cul ſe ferme, ſes bras
[…] […] il abandonne le gou-
vernail & tombe dans la Mer. Qu'il eſt ra-
re en pareil cas de trouver à point-nommé un
[…] […] capable de réparer une telle
[…]

[…] BRAVE, les traits de la vérita-
[…]. Un Fantôme, habile à en prendre
la figure, ſéduit ſouvent des Peuples entiers,
& par la flatteuſe promeſſe d'une Félicité
[…] les plonge dans un abîme de mal-
[…] […] Un Monſtre qui vient
[…] en brûlant les Nations […]
[…] […] connoître, & à diſcerner
[…] cette Fille du Ciel, d'avec cette
[…] […] l'Empire des Songes.

[…] extrémités de la grande Tartarie une
Contrée […] que ne ceſſèrent jamais les
[…] du jour. Les arbres tou-
[…] […] couverts, laiſſent
[…] quelques rayons de lumière au
[…] feuillages. L'air y eſt

éter

éternellement couvert de noirs & de sombres nuages, qui paroissent toujours prets a se fondre en torrents de pluye. Jamais Mortel n'approcha de ces tristes lieux. Les bêtes féroces même fuyent ces lugubres retraites; séjour respectable du Dieu du Silence.

Au milieu de cette region s'éleve une haute Montagne, dont le vaste sein renferme un Antre, où l'on ne peut arriver que par un passage étroit & obscur, interdit à tous les Humains & qu'aucun d'eux ne franchiroit impunement.

Cet Antre est l'Empire du Dieu du SOMMEIL. C'est-là que son corps appésanti est mollement couché sur le Duvet, & qu'il passe les siecles dans un repos, que les cris de MARS même ne sçauroient troubler. MORPHÉE seul veille a la garde de ce tranquille Palais. Plus leger qu'un Zephir, il vole, au moindre bruit, pour empecher que rien n'interrompe le doux repos de son Maitre. Une Campagne, couverte de Pavots toujours fleuris, environne ce séjour, & occupe tout le reste de cet Antre spacieux. C'est-là que d'innombrables essains de ces Genies, Auteurs des Songes, voltigent de tous côtez dans un profond silence. Tels que des Abeilles errantes, ils tirent de ces Pavots les sucs dont

ils

ils le nourriffent- Mais à peine l'Oifeau, con-
facré à PALLAS, fait-il retentir les airs de fes
lugubres cris, que MORPHÉE les raffemble, leur
ouvre la porte, & leur permet de parcourir la
Terre, jufqu'à ce que l'Aurore vienne dorer
l'Orient. Ils partent légérement, & pénétrent
par tout, fans que les Murs les plus folides leur
faffent obftacle.

Les uns fréquentent les fuperbes Palais
des Monarques & Genies trompeurs, fe
plaifent à troubler la tranquillité des Rois. Ils
s'emparent des Efprits des plus fiers Heros, &
fe font un jeu de les tranfporter dans quelque
vile Chaumiere. Souvent ils leur arrachent le
fceptre, & les mettent au rang des plus miferables mortels : tandis que d'autres élévent fur
le Trône le Fils infortuné d'un pauvre Laboureur, qui charmé des hommages qu'on lui rend,
apprend déja à fe faire refpecter, & oublie
jufqu'à fa condition paffée.

Ce font des Efprits de cette efpéce, qui nous
repréfentent quelquefois des Perfonnes che-
ries, que la mort nous avoit enlevées. Nous les
voyons dans cet inftant, & leur préfence re-
veille en nous cette tendreffe & ces fentiments
genereux, que le fang ou l'amitié nous infpi-
roit

roit pour elles. Non, le Tems cruel dont la force détruit tout, ne sçauroit effacer de l'ame ces impreffions profondes ; elles fubfiftent, & fouvent même fe font fentir avec plus de force qu'elles n'en ont eu dans la réalité.

Mais les Génies Auteurs de ces aimables Songes font en petit nombre, & la plupart fe font un plaifir de fe jouer de nos Efperances & de nos Craintes. Un d'eux par exemple, repréfente CHLOÉ à fon amant. La tendre CHLOÉ le regarde d'un œuil fevere & n'a pour lui que de cruels refus. Au contraire votre tendreffe à t'elle été meprifée ; PHILIS s'approche de vous. „ Cher amant, (dit-elle), je cede „ enfin à ta conftance. PHILIS t'aime. Quel aveu charmant! Quelle joye, quel tranfport! Vous voulés vous jetter à fes genoux; mais fur le point de les embraffer, helas! ce n'eft plus qu'une Ombre fugitive. Illufion trompeufe! à qui n'as tu point apparu? A qui n'as tu point fait verfer des larmes à fon reveil? Quoi cette PHILIS, qui vous paroiffoit fi tendre & fi vivement touchée, eft toujours la même, & n'a pour l'Amant le plus fidéle que des riguenrs & du mépris!

Il eft une autre efpece de Songes, dont l'effet eft bien plus important. Cruels & fanguî-

qui ... ils ſoufflent la colére & la vengeance aux oreilles des Rois. Ils font paſſer à
diverſes repriſes devant les yeux d'un Monarque ... le ... de ſon Voiſin, & excitent dans
ſon ame l'ardent déſir des Conquêtes. Auſſi-tôt ſon
cœur s'enflamme. Le voilà qui ſe-reveille en
ſurſaut, agité, & hors de lui-même. Tel que
Penthée dans ſes fureurs, il voit deux Thebes
... la Terre, & deux Soleils dans les Cieux.
Prompt ... dés l'Aurore à entendre le ſon
de la ... guerriere. Les Arſenaux s'ou-
vrent ... toutes les machines deſtinées
à la deſtruction du Genre humain. BELLONE
... le ... de ſon Fouet enſanglanté, &
Mars ... des Legions entières dans le
ſombre Royaume de PLUTON.

Mais les plus pernicieux de ces Genies, ſont
ceux que ... on voit rarement revenir au
Palais du Dieu du Sommeil. C'eſt d'eux qu'on
ne ſçauroit trop ſe défier; puiſque ſans inſpi-
rer de crainte, ils conduiſent inſenſiblement
les ... dans un Labyrinthe de malheurs:
Ils ... les Rois d'un Eſprit de vertige, &
les ... à leur perte. Revetus d'un air
de Sageſſe & de Vertu, ils n'en ſont que plus
dangereux. Jour & nuit ils voltigent dans les
Palais des Princes, & dictent aux Courtiſans

ce

ce langage flatteur dont ils chatouillent l'o=
reille de leurs Maitres.

Dans les REPUBLIQUES, ils se glissent sans être
apperçus au milieu de la foule, &, infectant l'air
de leurs mensonges, ils triomphent par l'aveugle
crédulité du Peuple. Ce n'est que celui qui
gouverne selon les Loix de la Justice & de la
Sagesse qui n'a rien a craindre des artifices de
ces Esprits dangereux. La Vertu & la Magna-
minité, qui ont juré une guerre éternelle a ces
Monstres, leur opposent le bouclier impénetrable de la Sagesse & de la Vigilance, qui
les empêche d'aborder les limites même
les plus reculées des Etats qu'elles gouvernent.

Il en est tout autrement lorsque ceux à qui les
Peuples confient le Pouvoir suprême pour les
garantir des insultes de la Violence, négligent
par Pusillanimité ou par Avarice leurs devoirs
les plus essentiels. L'Etat est-il prêt à crouler
par la mauvaise conduite de ces indignes
Magistrats, les Esprits seducteurs sortis de l'antre de MORPHÉE, ne cessent de publier leurs louanges. ,, Respectés (disent-ils) ces Pe-
,, res de la Patrie. Reposés vous sur eux
,, du bien de l'Etat. Ce sont des CICERONS
,, & des CATONS. Leur courage invincible est
,, un mur d'airain contre les malheurs qui
,, peuvent vous menacer. C'est un crime
,, digne

„ digne des supplices les plus rigoureux que
„ de ne leur pas rendre les hommages les
„ plus respectueux, & les honneurs les plus
„ grands.

L'Union & la Concorde font elles fleurir une République? Rendent elles le gouvernement heureux, & la Nation respectable à ses Voisins? ces Esprits trompeurs ne se donnent aucun repos, jusqu'à ce qu'ils ayent troublé cette Concorde, odieuse a leurs yeux; & fait perir avec elle la gloire & la prosperité de l'Etat. Ils donneront un Maitre à un Peuple libre, ou si personne n'est propre a remplir un si haut dessein, ils susciteront à ce Peuple cent petits Tyrans, qui, foulant aux pieds la Justice & le Devoir feront regner leur Intérêt & leur Caprice à la place des Loix. Quelqu'un se déclare t'il ouvertement contre de tels attentats, la Discorde sort des gouffres du Tartare, & fait fuir au loin la Paix par la fumée empoisonnée de sa Torche infernale.

Une sécurité trompeuse s'est elle emparée d'une Nation, sappe-t'elle les fondemens de la Liberté, a-t'elle enchanté les esprits des Peuples? C'est en vain qu'un orage prêt à fondre sur eux s'éleve. C'est en vain qu'une Armée formidable les menace d'une invasion prochaine. S'il faut combattre pour détourner ces malheurs.
„ La Paix, (crient dans la foule ces Genies
„ se-

„ feducteurs ,) la Paix feule nous convient.
„ Les triomphes les plus éclattans coutent
„ toujours trop cher. Qui vous force à cou-
„ rir aux armes ? Ou eft le danger qui
„ vous menace ? Vos voifins ne vous font ils
„ pas affurer de toutes parts que ce n'eft pas
„ contre vous que marchent leurs nombreu-
„ fes cohortes ? Ne foyés donc point les Au-
„ teurs de la guerre. Epargnés vos tréfors,
„ & que des craintes chimériques n'attirent
„ pas fur vous des malheurs réels.

Après ce langage , Un d'entr'eux fe produit , revêtu de tous les attributs de la Paix.
On le voit paroître tenant d'une main une
branche d'Olivier, de l'autre la Lance furmon-
tée du Chapeau, fimbole de la Liberté; la Cor-
ne d'abondance fous le bras. Il n'eft honneur ni
refpeĉt qu'ils ne prodiguent à ce perfide inftru-
ment de leurs artifices. „ Citoyens , (difent
„ ils,) voila la Paix, c'eft elle feule qui fait
„ votre bonheur ! Bien-tôt la Multitude, qui céde facilement à l'Exemple , adore, a l'imi-
tation de fes Conducteurs, cette fauffe Divinité:
jufqu'à ce qu'enfin le Phantome , parvenu à
fon but, s'envole vers le féjour de Morphée
& avec lui s'évanouit le bonheur du Peuple,
qu'il avoit féduit.

Fin du premier Chant.

ELOGE

ELOGE
DE LA
PAIX.

✿✿✿

CHANT SECOND.

✿✿✿

Hei mihi! qualis erat, quantum mutatus ab illo
Hectore, qui redit exuvias iudutus Achillei,
Vel Danaum Phrygios jaculatus puppibus ignis.

Æn. II.

✿✿✿

Elui qui marchant au milieu des plus
épailles tenebres par des sentiers inconnus, aï-
meroit mieux errer à l'avanture, que d'allumer le flambeau, qu'il tient, ne seroit il pas

C

re-

regardé comme un infensé? Evite un pareil exemple, o BATAVE! fers toi de ta Raifon, préfent ineftimable du Ciel, pour te guider dans le chemin de la Sageffe & de la Vertu. Ouvre tes yeux à fa Lumiere, & voi fi c'eft la veritable PAIX qui habite tes contrées, ou fi c'eft un Phantôme que tu adores en fa place. Un œuil attentif ne fçauroit y être trompé. Mon deffein n'eft pas de te furprendre: Examine, & tu trouveras qu'autant qu'une chafte Vierge, que la pudeur, fait rougir à la plus legere expreffion de tendreffe qui l'invite à un retour, differe de ces Meffalines qui connoiffent à peine les noms de Modeftie & de Retenue; autant la véritable PAIX differe de ce Monftre trompeur, qui ne fait qu'affoupir les Peuples, en les plongeant dans une fauffe fecurité.

Rome avoit à peine triomphé de Carthage, qu'avec la fimplicité des mœurs, elle perdit la vertu & la Bonnefoi. Deslors l'éclat de fa veritable grandeur commença à fe ternir, & par cette derniere Victoire elle ceffa d'être Victorieufe. Des qu'il n'y eut plus d'Ennemis au dehors, il n'y eut plus de crainte, plus de prévoyance au dedans, & plus de Barriere contre l'Interêt particulier cette Pefte des Etats.

C'eft alors que le Phantôme de la PAIX,

ac-

accompagné d'un cortége nombreux d'Efprits
impofteurs, ofa paroitre pour la premiere fois
dans cette Ville. ,, Soyez attentifs à ma voix,
,, ô Citoyens! (s'écriat'il.) Je fuis la PAIX
,, qu'aucun de vous n'a connue jufqu'à prefent.
,, C'eft moi feule qui repands la Profperité fur
,, les Peuples? C'eft par mes foins que les plus
,, petits Etats s'élevent au comble de la gran-
,, deur. Mettez en moi toute votre confian-
,, ce. Repofez vous fur moi de votre fureté,
,, & je vous ferai gouter les fruits de cette
,, precieufe Liberté, dont l'aquifition a couté
,, tant de fang à vos Ancêtres! ,,

Je ne ferois pas étonné qu'un pareil Difcours
eut produit fon effet dans tout autre Païs:
Mais toi, o Rome! peux-tu y ajouter foi?
toi, qui dois toute ta grandeur & toute ta
gloire à la protection du Dieu MARS.

Cependant les Romains preterent l'oreille
aux paroles enchantereffes de la fauffe PAIX,
& le poifon fe gliffa dans tous les cœurs. Dès
lors on ne s'occupa plus à examiner quelles
Troupes on oppoferoit à des Ennemis formi-
dables. Les frontieres furent negligées; & le
choix de ceux à qui on devoit confier le com-
mandement des Armées n'occupa plus le Senat.

C 2

On

On ne s'étudia qu'a savoir quelle Province offroit les plus riches depouilles à l'avidité des Gouverneurs, & a decider à quel jeune Homme la Brigue en feroit present. Les Peres ne paroiſſoient plus dans le Champ de Mars pour former eux-mème leurs Enfans aux nobles exercices de la Guerre. L'Education de la Jeuneſſe fut abandonée à des Maîtres mercenaires & étrangers, qui ne lui inſpiroient que la Molleſſe & le Vice. La Diſcipline militaire, ſource de la Grandeur de Rome ſe perdit bientôt, entre les mains de Chefs, qui, appuyez du credit de leurs familles, confondant le Bien Public avec leur Patrimoine, oſoient blamer ouvertement la ſeverité de leurs Ancêtres.

Le Guerrier, qui avoit blanchi ſous le Harnois, & qui pendant dix Luſtres avoit prodigué ſon ſang pour le ſervice de ſa Patrie, paroiſſoit dans Rome, tel que la fortune l'avoit abandonné à Zama. ,, Vieillard! dont le courage nous fut jadis ſi utile, aujourd'hui nous ,, pouvons nous paſſer de toi. La Paix, qui ,, nous comble de ſes faveurs, nous rend ton ,, experience inutile. Qu'importe par qui nos ,, Armées ſoyent commandées dans ces jours ,, heureux & ſerins? Retire toi, & ne nous ,, fatigue pas de tes recits trop ſouvent repe,, tez. Nous ne ſommes point curieux de ſa,, voir

,, voir comment les Soldats d'Annibal ma-
,, nioient le fer : ou comme on te trouva dans
,, les champs enfanglantés de Cannes, mécon-
,, noiffable par le nombre de tes bleffures! fi
,, tu n'as pas de Parens dans le Senat, refte
,, dans le rang obfcur on• tu te trouves, &
,, obeï fans mumure à ce jeune homme, dont
,, tu méprifes tant la prefomption & l'inexpe-
,, rience. "

Ce même Citoyen Romain, qui nâgueres regardoit les Rois d'un œuil de mepris, veut aujourd'hui les furpaffer en fomptuofité, & en Molleffe. * Il paffe les nuits entieres dans la debauche la plus outrée; & bravant toutes les loix de la Bienfeance, il difpute à fes Compagnons la gloire de fe diftinguer par les plus grands excés. Un gout fur & delicat pour juger des mets & des vins étrangers eft le feul talent qu'on eftime. On ne met aucun frein aux défordres les plus honteux, & tous les vices triomphent. Tels dans Athénes les Prêtres de Cotys fatiguoient cette Déeffe de la Volupté, en faifant durer jufqu'au jour dans fon Temple leur
Dan-

---

* *Rufticus ille tuus fumit trechedipna, quirine,*
Et aeromatico fert niceteria collo.

JUVEN.

Dances infames, entremeleés des cris insensés d'une Troupe devenue furieuse par les excés du Vin Romains! si Curius se trouvoit dans vos festins, qu'elle surprise pour lui? Et quel œuil de mépris ne jetteriez vous point sur sa simplicité? Mais arrêtés vous, & craignés, qu'il ne vous fasse repentir de vos temeraires mépris. Il me semble l'entendre vous demander, quels Heros depuis qu'il n'est plus à la tête de votre Jeunesse, ont chassé l'Ennemi devant vous? Quelle Bataille, quel siége ont fourni des sujets de triomphe à Rome? Vous êtes plus ignorans sur tout cela, qu'il ne l'est sur les méts que vous vous faites apporter des côtes les plus lointaines. Oui, troupe effeminée, tu ne sçais pas même les choses les plus memorables qui se font passées sous tes yeux.

Dans les Tems hûreux de la République, la Pauvreté, jointe à la Vertu étoit le plus grand bien: mais aujourd'hui seduits par les illusions de l'Abondance, les Romains font consister tout leur bonheur à amasser des Tresors. Quel est le Peuple assés aveugle pour s'appuyer sur les promesses de Rome, où tous les Ordres soupirent après les Richesses, & où tout est à prix?

Quelqu'un se hazarde-t-il de louer Quintius

ou Decius, il est sur d'exciter des murmures.
,, Ce n'est point la (lui dit-on) le Genie du
,, siécle. En louant la Vertu de nos Pères
,, vous ne faites qu'emouvoir les esprits du
,, Peuple. Ces éloges éternel de la Prudence
,, & de la Bonne-foi, cachent de mauvais
,, desseins, & sentent la sedition ".

C'est sans doute en preferant le Luxe à la
Vertu qu'ils ont aquis le droit de meprifer ces
cenfeurs odieux. Les douceurs de la PAIX qui
veille pour eux, leur font fermer l'oreille, à
cette severité desagreable, contens de regarder
leurs Ancêtres comme inimitables, ils laiffent
difcourir ces vains Declamateurs.

,, Ce n'est que pour obtenir un emploi lu-
,, cratif (se difent-ils) qu'il faut se donner du
,, mouvement. S'attacher aux Arts & aux
,, Sciences c'est renoncer à toutes les Dou-
,, ceurs de la Vie. Les Biens tiennent lieu de
,, Sageffe & de courage: & celui qui poffede
,, des tresors, & qui a un grand nombre d'Ef-
,, claves, à toutes les Vertus utiles & nécef-
,, faires à la PATRIE ".

C'est ainsi que le Bien public ne fut plus con-
fideré comme un Bien, qu'autant qu'il s'accor-
C 4

doit

doit avec les Interêts de chaque particulier.
Les Magiftrats corrompus, auxquels on confia
le Gouvernement des Provinces ne fongerent
qu'à s'enrichir par la concuffion & par la ra-
pine. Ils trouverent bientôt moyen d'épuifer
le Trefor public; trop pareffeux & de trop
mauvaife volonté pour travailler à retablir les
affaires; les projets les plus utiles étoient haute-
ment rejettés pour peu qu'ils genaffent leur
avidité.

Romains! la PAIX produifit elle jamais de
pareils fruits? Qu'elle GUERRE vous fut jamais plus fatale, ou quelle Bataille plus funefte?
Si la PAIX doit précipiter l'Etat dans un abime
de malheurs, ouvrés, ouvrés les portes du
Temple de JANUS? Du moins pourrés vous
en combattant vous flatter de triompher de
votre Ennemi. Peut-être trouveriés vous dans
fes depouilles déquoi fubvenir aux befoins de
l'Etat. Ouï, le fuccès incertain des armes eft
preferable à ce lache repos qui caufera infail-
liblement votre Ruine. Alors il n'y eut plus
perfonne dans le Senat qui veillât fincerement
au Bien & à la Gloire de la République.
Les crimes n'eurent plus de chatiment à
craindre, ni la Vertu de recompenfe à
efperer. La feule Impudence marchoit la tête
levée, parce que les Impudens étant le plus

grand

grand nombre, étoient fur par cela même
de trouver de l'appui.

Quelqu'un fe diftinguoit il par fa Vertu:
s'oppofoit il courageufement au torrent de la
corruption : on tachoit artificieufement à rendre fa conduite fufpecte, en infinuant que de
fi beaux dehors couvroient quelque deffein dangereux. ,, Quelle apparence, (difoient ces
,, hommes corrompus, jugeant des autres par
,, eux mêmes ") qu'il agiffe ainfi contre fes in-
,, terêts, & que toutes les contradictions que
,, nous effuyons de fa part n'ayent d'autres
,, principes, que l'Amour du Bien public ?
,, Non, fans doute il cherche à en impofer à
,, la Multitude, jufqu'à ce qu'il trouve l'inftant
,, favorable, pour donner l'effor à fon Am-
,, bition ".

C'eft ainfi que l'Envie cherche quelque leger adouciffement à fon defefpoir dans les plus
execrables menfonges. Mais fi la Calomnie
triomphe pendant un tems, la verité Victorieufe à fon tour terraffe ce monftre & le detruit.

O Rome! qui dans un état de Mediocrité
faifoit tête aux plus grands Rois; & que tes
fentimens avoient élevée à un point de Gran-

deur,

deur, où un feul de tes regards fuffifoit pour faire tomber le Sceptre de la main des plus puif-
fans Monarques! aujourd'hui la Prudence,
l'Ordre & le refpect pour les Loix font également bannis de ton Senat.   On n'y voit plus
cette vigueur du Gouvernement fans laquelle
un Etat ne fait que languir.   Les Loix ne fer-
vent plus qu'à remplir les vûes particulieres de
ceux qui ont l'authorité en main : tandis que ta
Liberté déja chancellante, n'attend plus que le
coup fatal qui doit la renverfer.

J'aimerois mieux habiter Catane, malgré les
torrens de flames de l'Ætna, & les pluyes de
cendres & de cailloux ardens qu'il vomit dans
fes Murs, que de refter, o Rome, dans ton
fein corrompu.

Par-tout ou le Souverain ne conferve plus
cette authorité qui fait refpecter les Loix ; ou
le Pouvoir eft abandonné à quiconque ofe s'en
faifir : ou toute prevoyance & tout foin font
negligés, l'Etat y eft bien-tôt renverfé.   C'eft
ainfi que des Courfiers indociles, dont les rê-
nes flottantes ne font plus gouvernées, entrainent un char avec impetuofité par des fentiers
impraticables, & vont fe brifer contre la premiere borne qu'ils rencontrent.

Le

Le Tems preſſe, o Romains. A-moins que vous n'apportiez inceſſamment remede aux maux dont vous êtes attaqués vous y ſuccomberés bien-tôt. Si un corps ſain & robuſte ne peut que difficilement ſoutenir le peſant fardeau du Gouvernement, comment y pourra ſuffire un corps dont tant de maux ont ruiné la conſtitution ?

Une GUERRE Civile eſt prête à s'allumer dans votre ſein : tel qu'un incendie qu'on n'a pas eu ſoin d'eteindre dés ſa naiſſance, ce feu ſe repandra de tous côtés, & l'embraſement continuera juſqu'à ce que tout ſoit reduit en cendre. Ou bien une Puiſſance étrangere viendra fondre ſur vous, & tandis qu'on delibere dans le Senat, & que les avis ſont partagés, elle penetrera dans vos Murs, & enlevera tous vos biens : c'eſt ainſi qu'un Torrent furieux, rompt toutes les Digues que l'Art lui oppoſé, & rappelle le ſouvenir des anciens tems de PYRRHA, ou JUPPITER irrité contre les coupables Mortels, ordonna à NEPTUNE de pourſuivre les Lions juſqu'au ſommet du Mont Atlas.

La Liberté perdit bientôt dans Rome ſa force & ſon Eclat, elle s'enfonca dans l'Abime que la corruption lui avoit creuſé.

Des

Des Calamités inoüies fe fuccederent les unes áutres : & l'on vit Romains contre Romains dechirer le feïn de la PATRIE, & ne combattré que pour le choix d'un Tiran : jufqu'à ce que CESAR, venant des campagnes aujourd'hui foumifes au joug François, fubjuguat pour jamais la Capitale du Monde ; & Rome fentit àlors, mais trop tard, les verités que j'annonce.

Fin du Second Chant.

ELO.

ELOGE
DE LA
PAIX.

✻

CHANT TROISIEME.

✻

Hanc olim veteres vitam coluere SABINI
Hanc REMUS *& frater : sic fortis* ETRURIA *crevit :*
Scilicet & rerum facta est pulcherrima ROMA.

GEORG. II.

✻

IL en sera tout autrement quand la veritable PAIX deployera ses Etendarts & gou-
ver-

vernera les Peuples. Vaillans & Vertueux ils
reprendront une nouvelle vigueur, & ne con-
fondront plus deformais le bien avec le mal.

Semblable au Pilote, qui fouhaitant d'eviter
les Banes & les Rochers que les vagues cachent
à fon œüil attentif, confulte toûjours la Bouf-
fole, qui le dirige dans fa navigation: la veritable PAIX obferve conftamment le point de
vue fixe & les bornes hors defquelles la PATRIE
feroit en danger de devenir la proye d'un Tiran
domeftique, ou de quelques Puiffance étrangere.

Cette PAIX habite-t-elle jamais les Monar-
chies ou le caprice d'un feul homme lui eft
une authorité fuffifante pour entreprendre tout
ce qui flatte le plus fon ambition, ou quelque
autre Paffion favorite? C'eft un probléme dont
je voudrois avoir la folution : mais que nous
importe-t-il après tout? Nous qui par la faveur
du Ciel vivons heureux dans un païs de Liberté, & qui ne defirons, de voir aucun Monarque, ni aucun Prince gouverner nos Villes.

Loüe qui voudra le Sceptre d'Augufte. Chan-
tés triftes habitans des bords du Nil les eloges
du Repos, le feul foulagement qu'on donne à
des fujets efclaves. Pour nous, il nous convient

vient de tracer à des Citoyens Libres le chemin qu'ils doivent fuivre, pourque ni la force,
ni la feduction ne les obligent jamais à regret-
ter leur Liberté, ou à chanter le bonheur at-
taché à l'Efclavage.

Voici, chers Compatriotes, les marques
auxquelles on peut reconnoître que la veritable P A I X regne dans un Etat. On y accoutu-
me les Citoyens, dès leur tendre jeuneffe, à
penfer, que l'Homme n'eft pas né pour lui
feul, & qu'il fe doit auffi à l'utilité publique.
On travaille à leur imprimer de la maniere la
plus forte le defir de contribuer au bonheur de
leurs Concitoyens ; c'eft là le premier devoir
qu'on leur impofe. Envain l'Ambition & l'A-
varice voudroient elles les en detourner, puif-
qué le Pére donnant à la fois l'Exemple & la
leçon, inculque à fes Enfans de fi fages maximes. Il préfente fans ceffe à leurs yeux les
glorieux Lauriers qu'ont acquis les Curtius &
les Camilles: Lauriers qui toujours verds, font,
en depit des fiécles refpecter jufqu'à ce jour les
Noms de ces Héros.

L'Argent fortant du creufet fe prête au deffein de l'Artifan, & peut devenir pourvu qu'il
jette à tems ce metail dans la forme qu'il a
pre-

preparée, un ouvrage admirable : attend-il au contraire que la chaleur se rallentisse , il ne reste qu'une masse informe qui deshonore l'Ouvrier.

Accoutumés donc de bonne heure les oreilles de vos Enfans à entendre les louanges des Héros ; honorés les en leur présence ; presentés les leur comme des modéles a suivre ; fortifiés vos Leçons par votre conduite , & vous verrés bien-tôt cette illustre Jeunesse suivre d'un pas hardi, les traces de ceux qu'ils vous ont entendu celebrer : Douée de lumieres , elle se fera bien-tôt estimer pour sa Vertu & par sa Magnanimité. La Gloire quelle acquerera, vous fera encor verser des larmes de joye dans l'age le plus avancé , & vous charmera jusques dans l'instant que vous serez prêts à descendre au tombeau. Vos Neveux , vos Descendans mêmes les plus reculez instruits par les nobles Leçons que vous donnates à leurs Peres , seront regardés comme des demi-Dieux, dont la conduite invite le Peuple au Respect & à la confiance : Tandis que les Cohortes ennemies trembleront au seul son de la Trompette, dont la Renommée fait rétentir les Airs en publiant vos immortelles louanges.

C'est dans les lieux ou l'on observe ces venerarables maximes, que la Probité triomphe de l'Ambition, & que le Bien de la P A T R I E l'emporte dans le cœur des Peuples ſur les P H A N T Ô-M E S vains & trompeurs que ſe forgent les eſclaves des Richeſſes. Le principal but de chaque membre dè ces Sociétés heureuſes, n'eſt que de rendre l'Etat redoutable aux ennemis & de veiller à ſa conſervation. Le Souverain n'y manque ni de forces ni de courage pour détourner le Mal & pour maintenir le Bien. Les influences de l'Authorité ſuprême ſemblables à celles d'un Aſtre bien faiſant, y produiſent une recolte de Vertus, ſuffiſante pour aſſurer le bonheur du Peuple. La Diſcorde infernale, qui ne ſe plait que dans les tenébres, ſe gardera bien de montrer, à la brillante clarté de cet Aſtre, ſa face hideuſe, la ſombre lueur de ſon flambeau & ſes vetemens dechirés. C'eſt en-vain quelle voudroit deployer toutes ſes forces; ſes Ruſes ne font aucun effet ſur des Cœurs généreux. Dans les lieux où regnent les Loix de l'Equité & de la Raiſon les folles Diviſions & les Animoſités cruelles ſont inconnues: ces Monſtres ne peuvent répandre leur venin que ſur les ames baſſes, infectées par l'Avarice ou par l'Envie.

Que vois je? La fiere & cruelle Tirannie placée dans l'éloignement? Ecumante de rage,

elle

elle plonge son poignard dans son propre sein,
au desespoir de se voir écartée pour jamais de
nos contrées. Je l'entens rugir. Ses Dards en-
venimés retournent contre elle même, & les
coups qu'ils lui portent redoublent sa rage. Ta
fureur est vaine, Monstre cruel: il n'est personne dans ces climats fortunés qui daigne prê-
ter l'oreille a ta voix. Si par hazard il se trouve quelqu'un qui veuille t'écouter, le temeraire expiera son crime par une mort honteuse.

Quand il y a plus d'un Ciceron dans le Senat,
les Catilinas & leurs funestes complots sont bien-
tôt detruits. Dans les Lieux, ou les Traitres
quels qu'ils soient, sont punis rigoureusement,
& où le Glaive de la Justice n'épargne ni rang
ni condition, l'idée même de la Trahison ne
sçauroit naître. Que si la Tirannie trompée
dans son attente par rapport au dedans, em-
prunte, pour venir à bout de ses desseins pernicieux, un secours étranger, & inspire la soif
insatiable des conquêtes à quelque Prince ambitieux; ne craignez pas que dans le Païs ou
regne la veritable P a i x on sacrifie son devoir
à l'intérêt présent: on ne s'y laissera jamais as-
soupir par des Songes menteurs, ou par de
vaines flatteries: on n'aura garde de se reposer
tranquillement de la sureté de l'Etat sur la parole des Rois, ennemis nés du Repos & des
Republiques.

La

[illegible] ... la souveraine [illegible] ... fidèlement aux [illegible] ... les membres [illegible] ... Si [illegible] ... de ses frontières [illegible] ...

[illegible] ... pour découvrir le [illegible] ... faciles de craindre [illegible] ... une si bonne foi [illegible] ... nement d'autre [illegible] ...

[illegible] ... droit de [illegible] ...

Le véritable Patriote peut être comparé à [illegible] ... qui n'abandonne pas [illegible] ... la vue des cairns, [illegible] ... [illegible] de s'enfuir, en voyant [illegible] ... de tout ... on a de la garde. Dans les [illegible] barbares [illegible] ... de blé [illegible] ... chaque citoyen s'efforce [illegible] ... [illegible] de se répandre jusqu'à la der-

D 2

niere

niere goute de son sang pour le deffendre. La sureté du Peuple n'est pas sacrifiée dans ces Lieux à l'intérêt de quelques Particuliers. Dès qu'un danger menace la PATRIE, tout le Monde s'empresse à meriter des louanges par son zèle & par sa Vigilance. La Jeunesse court aux armes, le Citoyen apporte avec joye ses Trésors, pour peu qu'il voye qu'on est resolu de les employer à écarter les malheurs qui menacent le Païs & a munir des frontieres. Son Cœur dont le zèle se rallentit lorsqu'il voit qu'on ne se precautionne pas contre le péril, éprouve une nouvelle ardeur quand ceux qui gouvernent, veillent sincerement à la sureté de la PATRIE.

Vous obligerez ainsi votre orgueilleux Ennemi à se retirer, o Peuple couragueux! il sentira que c'est votre zèle pour la cause publique qui fait avorter ses desseins. Peut être même l'envie de vous faire plier le genoux devant un Maître lui passera-t-elle pour toujours.

Voit on dans les forêts le Renard attaquer le Loup; & le Loup attaquera-t-il le Lion formidable. Le desir de la proye se refroidit bientôt, lorsqu'on trouve de la resistance, & passe à la vûë du peril. Un Roi, quelque forte que soit l'Ambition qui le devore, se resoudra difficilement à attaquer un Peuple courageux; il tachera

chera bien plus-tôt de gagner son amitié, en
lui donnant des marques de son Estime. Eh
qu'importe qu'il haïsse, pourvu qu'il craigne.
Mais lorsqu'on se laisse honteusement trom-
per ; qu'on neglige les intérêts de la Paix;
on que l'abandonnant entierement à son triste
fort, on est prêt à se soumettre au premier
Tyran qui se presente, & qu'on tremble à la
moindre menace; alors on donne trop d'avantage à l'Ennemi, qui, tendant son arc de toutes ses forces, & sûr de ne point trouver de
resistance, tient déja la fleche acerée dont il
s'apprête à percer votre sein.

Ni les Menaces ni les flatteries ne peuvent
donc seduire la veritable Paix. Elle donne
l'exemple d'une fidèlité à toute épreuve: Mais
elle est bien éloignée de penser que tous les
Princes soient Esclaves de leur parole. Elle ne
viole point des Traités solemnels parce que
d'autres osent les violer avec impudence. Elle
vole au secours de ceux qui peuvent aussi la secourir au besoin, & ne se laisse pas arrêter par
les obstacles que le Parjure apporte à ses desseins.
Trop sage pour faire dependre son salut de la
vaine croyance, que celui qui la trompa, sera
aujourd'hui fidelle observateur des Traités; elle pourvoit a sa Deffense; après quoi les Menaces ne sçauroient l'intimider. Celui qui par

frayeur

frayeur fe laiffe detourner du fentier de la Probité n'eft pas digne d'habiter la Terre. Qui craint n'eft plus Libre.

Eh! quel droit ont des étrangers de fe meler de nos affaires, s'ils ne travaillent déja à forger les fers qu'ils nous deftinent. Que fi c'eft là le motif qui les anime, ne perdons pas une heure, pas un inftant? Entrons en Campagne! Non pour conquérir le Trone de nos Voifins, ou mettre leur Couronne fur notre tête; mais pour conferver l'épée à la main, un Azyle à la PAIX, & faire enforte quelle fixe à jamais fon fejour parmi nous.

La veritable PAIX ne fe laiffe pas endormir, lorfque le Dieu de la GUERRE raffafié de fang & de carnage, ne nous montre plus de malheurs prochains. Elle chaffe de fon fein le Monftre pernicieux qui entraïna Rome, en fi peu de tems dans d'affreufes calamités.

Elle ne tollére point ces Magiftrats injuftes qui devorent la fubftance des fujets, & qui intereffés au renverfement des Loix, precipitent l'Etat dans un defordre avant-coureur de fa ruine.

Que

Que l'Entêté & le Prefomptueux s'éloignent aufli du Gouvernement. Eloignés vous en Jeunes gens grofliers & indociles, incapables de rien approfondir, & toujours prêts à decider. Parcourés les forêts, & que la voix de vos chiens vous indique l'occupation qui vous convient. La veritable P a i x honore les Arts & les Sciences, & fes favoris ne fe diftinguent pas moins par leurs lumieres que par leurs Mœurs: Gens, qui ne gouvernent pas felon leur Caprice; mais qui en fuivant en tout les Loix de la Raifon, tendent au grand but du Gouvernement; au Bonheur du Peuple.

Alors le Commerce fleurit de tous côtés l'Abondance regne dans le Païs, & la Molleffe en eft bannie. L'Or ne corrompt plus perfonne, & les Richeffes n'alterent point la Vertu. La Profperité eft dans une union intime avec la Juftice. La feule Equité decide des differens qui s'elevent. Le Magiftrat, le Prêtre, le Jurifconfulte & le Negociant ont pour la Bonne-foi un attachement inviolable: pendant que le tranquille Laboureur voit fes champs parés d'une abondante moiffon. En fuivant la Charue, il ne trouvera pas fous fes pieds un cafque rouillé ni des offemens, qui lui rappellent avec horreur combien fa P a t r i e fouffrit jadis par une G u e r r e Civile, & comme fes Peres yvres de

Volup-

Volupté & d'Orgueil s'entr'egorgérent mutuel-
-lement, & devinrent la proye d'un avide Vainqueur. Non, ces heureuses Contrées ne furent jamais arrosées du sang de ses Habitans. Les meur-
tres, les combats & les pillages y sont inconnus. La seule inquietude du Moissonneur, qui n'en-
tend de tous côtés que des cris de joye, consiste
à ne sçavoir où serrer son abondante récolte.

Peuple fortuné! profitez de ce tems de prosperité: remplissez vos greniers: n'oubliez rien
de tout ce qui peut contribuer au bien de l'E-
tat. Tandis que les aquilons sont favorables „ vi-
sitez vôtre Vaisseau: ayez soin de le carener,
bouchez en toutes les crevasses: accumulez des
Richesses, mais achettez des Armes, afin que
vous ne soyez pas exposés à être envahis par
une Puissance étrangere.

Que vos Loix inactives ne ressemblent pas à
des armes que par negligence on laisse rouiller
dans les Arsenaux. Que le crime trouve toujours son chatiment. L'Ennemi craint encore
plus vos Loix que votre Puissance & la Discipli-
ne de vos Troupes, que le tranchant de leurs
Epées. Ne vous abandonnez pas au SOMMEIL durant le Calme. Peut-être votre Voisin, dans
le tems qu'il vous temoigne le plus d'amitié
tra-

trame-t-il la perte éternelle de votre Répos & de votre Liberté.

Qui connoit le sombre avenir, & les Arrêts de l'impénetrable Destin? Combien de fois dans le jour d'Eté le plus serain, le bruyant Æole ne monte-t-il pas sur son char? J'ai vu plus d'une fois, la Terre parée des richesses de Céres offrant une abondante recolte, soudain ce Dieu arriver furieux avec le souffle orageux du Midi. Il s'éléve avant même qu'on puisse trouver un azile contre sa violence. Il se fait un combat terrible entre les Vents dechainés : impetueux, ils s'entrechocquent, detruisent les fruits de la Terre, & brisant les épics mûrs, font évanouir l'espoir du triste laboureur. Le brillant Astre du jour se derobe à nos yeux, & se cache dans les sombres Nuages entassés & enmoncelés., qui amênent sur nous les tenebres les plus profondes de la plus obscure Nuit, & se précipitent en Torrens de Pluye: c'est comme si le Pô, la Meuse & le Rhin élevés tout d'un coup dans les airs, versoient à la fois leurs Urnes sur la Terre. L'Air sombre mugit de tous côtés. Les Campagnes sont couvertes d'eau. Les Marais s'enflent. Les Rivieres se debordent, & entrainent avec elles vers la Mer les Arbres deracinés des forêts. Au milieu de cet orage, JUPITER lance

D 5

ses

les carreaux terribles. La foudre paroit coup sur coup, & fond l'ancienne neige sur les sommets des Montagnes. Le bruit éclattant du Tonnére fait trembler la Terre. Les Bêtes sauvages fuyent par des sentiers inconnus, & dans ce redoutable moment, les Cœurs coupables & impurs, tremblent de voir fondre sur eux la vangeance celeste.

F I N.

O D E

O D E,

A LA

NATION

BRITTANIQUE.

ODE,

A LA

NATION

BRITTANIQUE.

Traduit du Hollandois de

MR. DE HAREN.

Exarsere ignes animo: subit ira cadentem
Ulcisci PATRIAM, *& sceleratas sumere pœnas.*

ÆN. II.

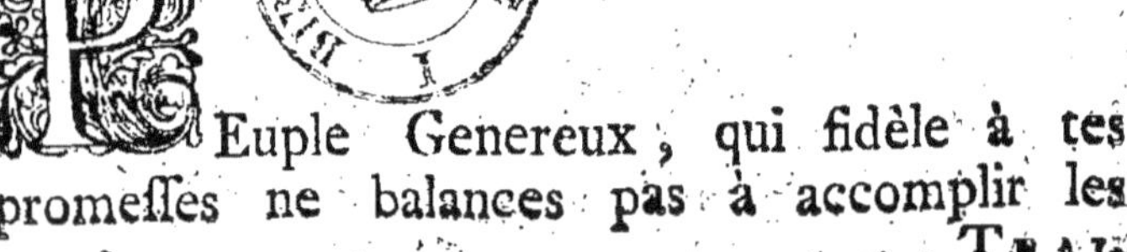

Peuple Genereux, qui fidèle à tes
promesses ne balances pas à accomplir les
TRAI-

Traités Solemnels consacrés par le nom redoutable de Dieu? Tu ôses detourner le Sceptre de la Tyrannie, qui menace toute l'Europe, & Tu défens d'une opreſſion odieuſe ton Allié abandonné par d'infames Amis. La violation des Engagemens les plus ſaints n'a qu'une utilité apparente dont Tu vois trop bien les dangers. Qui fonde ſa proſperité ſur la trahiſon, perit par la trahiſon. Tu empêches à tems que la Liberté ne ſoit une victime que l'infidelité immole à l'Ambition. Tu es ſeul, ſeul, helas, encore libre. Ta Puiſſance s'accroitra par la Paix & par la Guerre ; & la Thamiſe, couronnée de Lauriers immortels, verra ſes eaux pures arroſer tes heureuſes Campagnes, auſſi longtems que le Soleil les éclairera. Tandis, tandis que les Carreaux de la Vengeance celeſte qu'on affecte de braver, fondront ſur ceux qui ſacrifient la Bonne-Foi à leur lacheté & à leur intérêt. La Famine & la Peſte éxécutant la ſentence portée contre le Peuple coupable, dépeupleront ſes plus puiſſantes Citez. Les Places publiques n'y offriront que le ſpectacle hideux des Mourans couchés parmi des Cadavres. Quels gemiſſemens! Que de Larmes! Larmes inutiles, & vains Gemiſſemens. La Tyrannie en fureur connoit-elle la compaſſion? L'Enfant percé de coups rend les dernirs ſoupirs aux piés de ſon Pére. Celui qui tête, eſt arraché du ſein de ſa Mére.

En

En vain la timide pudeur cherche-t-elle un azile que le Soldat efrené respecte. Bientôt suivront ceux que nos valeureux Ancetrês ont empêché de détruire notre Culte & de flechir nos Consciences sous leur joug cruel. Temples renversés vous! Sortés d'ici, Divine Verité! & vous qui brulés d'Amour pour votre DIEU, abjurés-le, ou le premier refus vous coutera la vie. Grand DIEU, dont les Loix sont foulées aux piés, voudrois-tu prodiguer des Miracles pour sauver un Peuple criminel, qui court à sa Perte.

F I N.

A LA HAYE,

Chez I S A A C B E A U R E G A R D 1742.

ODE

A

CHARIDAS

TRADUITE DU

HOLLANDOIS

DE

MONSIEUR DE HARLN.

Juſtum & tenacem propoſiti virum &c.

HOR.

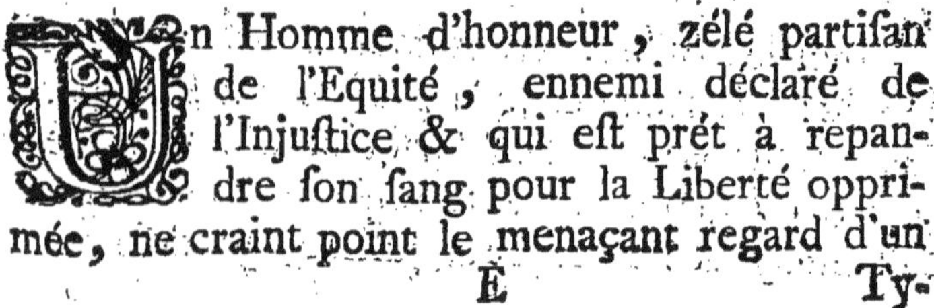

Un Homme d'honneur, zélé partiſan de l'Equité, ennemi déclaré de l'Injuſtice & qui eſt prét à repandre ſon ſang pour la Liberté opprimée, ne craint point le menaçant regard d'un

E   Ty-

Tyran : Les Fers ni les Cachots n'ébranlent pas sa Constance : La Mer en fureur, les Vents déchainés, ni l'Air embrasé par la Foudre ne causent point d'émotion dans son Ame, tranquille par le sentiment d'une Conscience pure.

C'est une Gloire immortelle que de se dévoüer pour son Pays & de subir avec Fermeté le sort que les lâches artifices de l'Envie préparent à la Vertu. Il n'appartient qu'aux plus grands Hommes d'embrasser avec joie les occasions de souffrir pour leur Religion & pour leur Patrie.

Pleins de ces nobles Sentimens, nos valeureux Ancêtres ont placé sur le Thrône, dans nos heureuses Provinces, la Puissance des Loix & la Liberté de Conscience. C'est à leurs Victoires que nous devons notre Prospérité. Ah ! faudra-t-il nous la voir ravir par la Lacheté & par la Perfidie ?

Voici les Signes avant-coureurs d'un Mal si funeste : Lorsque chacun préfére son Bien particulier au Bien public ; lorsqu'on ôse violer les Loix ; ou qu'on les voit fouler aux piés d'un œuil tranquille : Lorsque la Justice, qui doit êtrela feule Souveraine, eft élevée fur un Thrône, non pour y régner & pour y diftribuer les Peines & les Recompenfes, mais pour y être en bute aux Infultes de la plus temeraire Infolence. C'eft alors que la Verité, la Prudence & la Vertu, fans appui & fans fecours, doivent ceder à la Violence; & que la Profperité devient le partage de l'Extravagance & du Vice. Puiffe le Méchant, qui contribue à précipiter l'Etat dans un pareil Châos, être enlevé de la Terre, au milieu de fa courfe; Puiffe-t-il bientôt éprouver le fupplice que mérite fon infame Trahifon!

Que d'autres facrifient leur Devoir à l'Avarice & à l'Ambition: Que le moindre figne d'un Tyran orgueilleux régle leurs Paroles, leurs Actions & leurs Penfées: Que l'Interêt particulier rende tous les Cœurs infenfibles aux Befoins du Peuple, & au Bien de l'Etat: Que les Chefs du Peuple, faifis de frayeur, donnent aveuglément dans le Piége que leur a tendu la Perfidie;

Pour toi, CHARIDAS! Ton nom vivra éternellement, & la Renommée le portera dans tous les Siécles avec ceux des Codrus, des Decies, & des Regulus. La Pauvreté ni

la

la Violence ne fléchiront point ton Courage indompté. L'Univers peut-être détruit & la Terre peut crouler sur ses Fondemens : mais ta Fermeté n'en seroit point ébranlée.

A quoi sert l'Or dans les derniers Instans! Bannira-t-il les Frayeurs du Lit de Mort ; lorsque le Roi des Épouvantemens viendra nous toucher de son Sceptre de fer?

ODE

O D E

SUR LA

B O N N E - F O I

TRADUITE DU

HOLLANDOIS

DE

MONSIEUR DE HAREN.

Delicta Majorum inmeritus lues,
Romane, donec Templa refeceris &c.

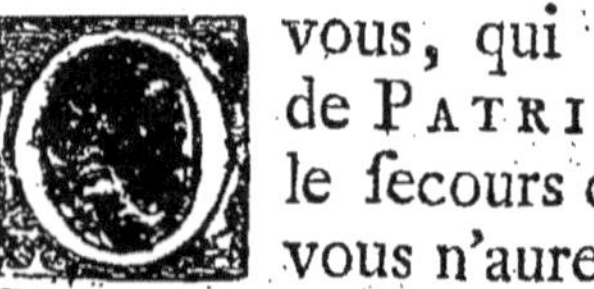

vous, qui vous arrogez le beau nom de PATRIOTE, en vain esperez vous le secours du Tout-Puissant, tant que vous n'aurez pas reparé les ruines du Temple de la BONNE-FOI!

E 3

Ce

Ce Temple, cher à la Divinité, & à qui nous devons nos Triomphes, ebranlé sur ses Fondemens, menace d'entrainer nôtre Etat dans sa chute. On a dès long-tems oublié que l'Observation des Loix Divines est la seule base solide du pouvoir, & l'on fonde sa prosperité sur le PARJURE.

Le Ciel se met il en peine de ce qui nous regarde; & les Souverains doivent ils avoir d'autres Loix que leur Volonté? Ne voit-on pas la victoire se declarer toûjours pour les plus nombreuses Armées?

Race degenerée! Pourquoi donc nos Ancêtres, denuez de Troupes & d'Argent, & armez de leur seul COURAGE, ont-ils tenu tête à toute la Puissance Espagnole?

Ils ne connoissoient de sentier que celui de l'HONNEUR; ils preferoient constamment la Pieté & la BONNE-FOI à leur propre Vie, & par leur vertu ils obtenoient la Victoire du Dieu des Armées. Leur PAROLE leur étoit Sacrée. Ils ne violoient pas honteusement les TRAITEZ SOLEMNELS, & par d'odieux Artifices ne provoquoient pas la vengeance Celeste.

Le Tems, l'Impitoyable Tems altere tout.
La

La Valeur de nos Ancêtres s'est évanouïe avec eux. Helas ! ferons nous remplacez par des Succeffeurs encore plus laches que nous?

Le Negociant, le Jurisconfulte, le Prêtre & le Magiftrat, coupables chacun à proportion de fon pouvoir, s'empreffent tous à fapper les fondemens du Temple, jadis fi reveré, de la Bonne-Foi.

Un Peuple femblable n'eut pas foutenu les efforts du redoutable Duc d'Albe, & n'eut pas triomphé des plus Puiffantes Nations, ni teint les Dunes de Nieuport du Sang de fes plus cruels Tyrans.

Il n'eut point poffedé l'Empire des Mers, & fes Flottes, commandées meme par Tromp & par Ruiter, n'euffent jamais arboré le pavillon de la Victoire fur les plaines de Nerée.

Detournons nos regards de ces objets odieux. Contemplons un Siecle Nouveau. Je vois la Valeur & la vertu de nos Ancêtres imprimées dans le Cœur de nôtre Jeuneffe. Je vois leurs yeux s'allumer, & l'indignation peinte fur leur Front au feul mot d'Efclavage.

Nous ferons Libres, fi nous voulons l'être. Le Courage eft toûjours accompagné de Reffources, & fuivi de Triomphes, quand

E 4

il a la JUSTICE pour Guide. Que celui, qui a d'autres Sentimens, presente la Tête au Joug. C'est un lâche.

Un Homme, qui n'est ebranlé ni par l'interêt, ni par la crainte, & qui ôse mourir pour ses LOIX, sa LIBERTÉ & sa RELIGION, fait d'un Peuple chetif une Nation formidable, & vaut seul une ARMÉE.

ODE

ODE

A MONSIEUR

LE

BARON DIMHOF

Gouverneur General des Colonies
des Hollandois dans les Indes
Orientales.

TRADUITE DU

HOLLANDOIS

DE

MONSIEUR DE HAREN.

Integer vitae fcelerifque purus &c.

HOR.

L'Homme, dont la Conduite eſt irre-prochable & la Conſcience pure, n'a pas beſoin de Caſque, de Bouclier, ni d'Epée. Dans la ſituation la plus effrayante il eſt également intrepide & à couvert de tout danger.

E 5

Soit

Soit qu'il entreprenne de traverſer les hau-
tes Montagnes, qui ne ſont peuplées que de bêtes feroces, ou les Sables d'Ammon, qu'aucu-
ne Source n'arroſa jamais: Soit qu'il parcoure le
vaſte Ocean, & que ſon Vaiſſeau, jouet d'une
horrible tempête, s'éleve tantôt juſqu'aux nûës,
& tantot s'enfonce dans l'abîme : le Royaume
de Juba n'a point de Tigres, dont la fureur puiſſe lui nuire, ni de Serpens dont il doive redou-
ter le venin.

C'eſt en vain que le Soleil darde ſur lui ſes
Rayons brulans, une Fontaine ſort de terre pour
étancher ſa ſoif.

Sa Nef ne craint ni les Bancs de ſable ni les
Rochers, où les plus habiles Pilotes ne ſçau-
roient empecher les Mechans de faire nau-
frage.

La Haine ni l'Envie des Inſenſez ne lui portent pas la moindre atteinte. Leurs vains projets ſont comme une Feuille que le vent emporte, ou comme une Fumée, qui ſe diſſipe
dans les airs. Ils ne réuſſiſſent qu'à ſe couvrir
d'une Honte, qui releve encore l'éclat de ſes
vertus. Que ſes innocentes mains ſoient chargées
de Fers: qu'aucun Rayon du Soleil n'éclaire ſa
priſon : le Tout puiſſant le regarde du ſein de
ſa Lumiere inacceſſible, & le voit dans le fond
des Cachots les plus obſcurs.

Sa

Sa conftance brave la fureur des Tyrans. Armée d'un homicide acier, & prête à lui percer le fein, la main la plus cruelle & la plus determinée perd toute fa Force contre lui.

IMHOF! j'aimerois mieux errer fans guide fur le fommet du Mont Athos, ou me trouver environné des Reptiles, qui infectent de leur Venin les ruines de Babylone, que d'être en la puiffance des Scelerats fanguinaires, à qui tu as echappé.

Si jamais ta Reputation avoit été fouillée de la moindre tâche, fi le moindre foupçon avoit terni ta gloire, ton fang auroit été repandu avec le fang des Chinois, dans cette affreufe journée.

. Reftaurateur de l'Empire Hollandois dans l'Orient, avec Toi je traverferois fans crainte les vaftes & arides Deferts de Cyrène: j'entendrois fans emotion au milieu des Mers, écumantes de fureur, le bruit terrible de leurs Flots élevez par la Tempête à l'égal du Caucafe, qui domine fur toute l'Afie.

Tandis que nos puiffantes Colonies vont recueillir les fruits de tes Vertus, & fleurir par ta Sageffe, contens & tranquilles, il ne nous refte qu'à faire des vœux que ta vie s'étende au de là des bornes ordinaires prefcrites par l'Arbitre du fort des Humains. Puiffe ton illuftre Tête porter tër un jour la Couronne reſpectable de la Vieilleſſe, telle qu'elle orne la Tête de F A G E L, à qui plus de ſeize luſtres n'ont rien ôté de ce zèle & de ces Talens, qu'il a conſacrez à ſa Patrie, & que le Ciel propice vëuille nous conſerver juſqu'à ce que nous ayons trouvé ſon pareil.

ODE

O D E

A LA

REINE DE HONGRIE,

TRADUITE DU

HOLLANDOIS,

DE MONSIEUR DE HAREN.

Incolumis partoque ibit REGINA *Triumpho.*

uel est l'Objet des Transports qui m'a-
gitent? O MUSE! pourquoi m'enle-
ves-tu dans les Airs? Déja je touche
les Astres, & rien ne peut arrêter
mon vol ambitieux.

REI-

Reine des valeureux Hongrois, quel œil n'est pas respectueusement fixé sur Toi! Quelle est l'Ame insensible à tes Vertus; & à qui tes malheurs n'ont-ils pas arraché des Larmes?

Lorsque le Sceptre passa en tes mains, la Perfidie, saisie d'une frayeur mortelle, trembla sur son Thrône, & vit sa perte dans ce moment si fortuné pour tes Sujets.

On dit, qu'Elle appella d'abord à son secours les Furies Infernales, intéressées comme elle, à s'opposer au Bonheur que tes Vertus promettoient à tes Peuples. Le Dieu de la Guerre accourut furieux à sa Voix. La Famine, la Mort, & la cruelle Bellone degoutante de sang humain, marchoient à sa Suite.

Ce Dieu jette un cri pareil à celui dont frappe les airs une Armée nombreuse qui charge l'Ennemi. Les Nations en sont émues jusques aux extremités de la Terre.

A ce cri, tout court aux armes; le son de la trompette guerriere se fait entendre, on aiguise l'Epée meurtriere, & le Drapeau rouge est arboré.

Durant cet Orage terrible: Au milieu des Peuples sans nombre qui inondoient tes Etats,

dans

dans le deffein de renverfer ton Throne, & de faire perir ta Race : Tandis que la moitié du Monde, agitée par les FURIES, confpiroit ta perte, & que le Refte intimidé y confentoit lâchement : Dans le tems que tes malheureux Sujets fondoient en pleurs, ou periffoient par les Armes ennemies ; Toi feule, Tu fus iné-branlable. Ta Conftance parut plus grande à mefure que l'Orage devenoit plus violent.

O la plus ILLUSTRE des FEMMES! Delices de tes Peuples! Ils tournerent les yeux vers Toi, & Tu leur parus telle que cette lumiere favora-ble qui rend le Courage & l'Efperance dans le plus fort de la Tempête, ou telle que DIANE, qui tranquille fur fon Char, brille d'un plus grand eclat dans la plus profonde nuit.

Sure que la Juftice éternelle, qui gouverne l'Univers, enlaceroit dans fes propres piéges le MONSTRE qui avoit tramé ta perte : Ou de-terminée à répandre tout le Sang que Tu as reçu de tes Illuftres Ancêtres, affife fur leur Thrône au milieu de VIENNE embrafée, & ferrant dans ton Sein ce Fils, l'objet de l'A-mour le plus tendre; Ni les chaines dont Tu é-tois menacée, ni le Poignard levé ne te firent foufcrire aux conditions honteufes que tes En-nemis infolens ôfoient te propofer. Tu favois que la LACHETE eft inévitablement fuivie de la

RUI-

RUINE? Tu voulois la VICTOIRE, ou la MORT.

C'est à cette généreuse Résolution que tu dois tes Etats, d'abord l'héritage de tes Péres, maintenant le prix de ta Magnanimité!

Quand le Peuple, qui t'a secondée si courageusement, vit briller dans tes yeux cette Innocence & cette Vertu, accompagnées d'une Majesté digne du Trône, il courût sur le champ, aux Armes pour ta Defense. Tu parlas, & des Legions entieres parurent, & arrêterent sur le champ l'Ennemi. Les Souhaits seuls, font-ils donc sortir du Tombeau ces Anciens Grecs, qui détruisirent les Troupes innombrables de XERXES à Platée?

A LA HATE

Chez ISAAC BEAUREGARD 1742.

www.ingramcontent.com/pod-product-compliance
Lightning Source LLC
LaVergne TN
LVHW020547060726
842525LV00004B/1335